L'ANCIEN ET LE NOUVEAU LYON.

L'ANCIEN

ET LE NOUVEAU

LYON

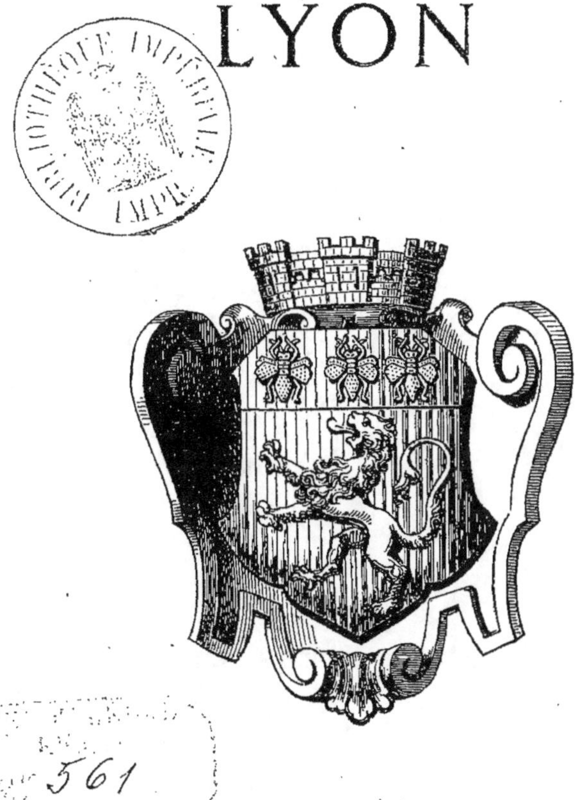

LYON

M D CCC LXII.

A Monsieur **VAÏSSE**

L'ANCIEN

ET

LE NOUVEAU LYON.

SONNET.

Lyon, cité romaine inceſſamment accrue,
Groupait ſes lourds manoirs au triſte & ſombre abord
En d'étroits carrefours, aſile de la mort,
Vrai dédale fangeux, ſans air & ſans iſſue.

Mais vient un bon génie, esprit sage & bras fort!

Sur ces champs de vieux toits il passe la charrue

Et, dans chaque sillon, trace une large rue,

Où temples & palais forment un noble accord.

Lyon bénit de cœur son pouvoir tutélaire,

Pour le bien qu'il a fait, pour le bien qu'il veut faire...

Heureux de proclamer qu'il lui doit ce qu'il vaut.

Sur plus d'un monument son nom pourrait s'inscrire :

Ici, chacun de nous tout bas aime à le dire,

Mais la postérité le redira bien haut !

C -T.

14 JUIN 1862.